森　林

大熊

[瑞士] 约克·史坦纳 文
[瑞士] 约克·米 勒 图
孔 杰 译

树木开始凋零，大雁纷纷结伴向南飞去。大熊觉得身上凉飕飕的，又累又困。

好像快要下雪了！大熊一边想，一边踩着沙沙作响的落叶，朝他最喜爱的洞穴走去。

他在温暖的洞穴里舒舒服服地躺下，没多久就进入了梦乡。没错，熊是需要冬眠的。洞穴外，风呼啸着穿过森林，冰冷的雨滴开始飘落。

一天早上，树上积满了厚厚的白雪。冬天真的来了！但这一切，熟睡中的大熊一点儿也不知道。

此时，有件不同寻常的事情发生了。

和冬天一起来到森林里的，还有人类。他们带着图纸和工具，把周围的树全部砍掉。一棵又一棵，一棵又一棵……

起重机拔地而起，工程机械车步步紧逼。有人要在森林中心建造一座工厂。

大卡车载着一群大汉开进这片荒野。地面冻得比石头还硬，连重型挖掘机也没法深挖下去。

春天来了。在深深的洞穴里沉睡了一冬的大熊终于醒了。

睡了那么久，想要起身还真不容易。

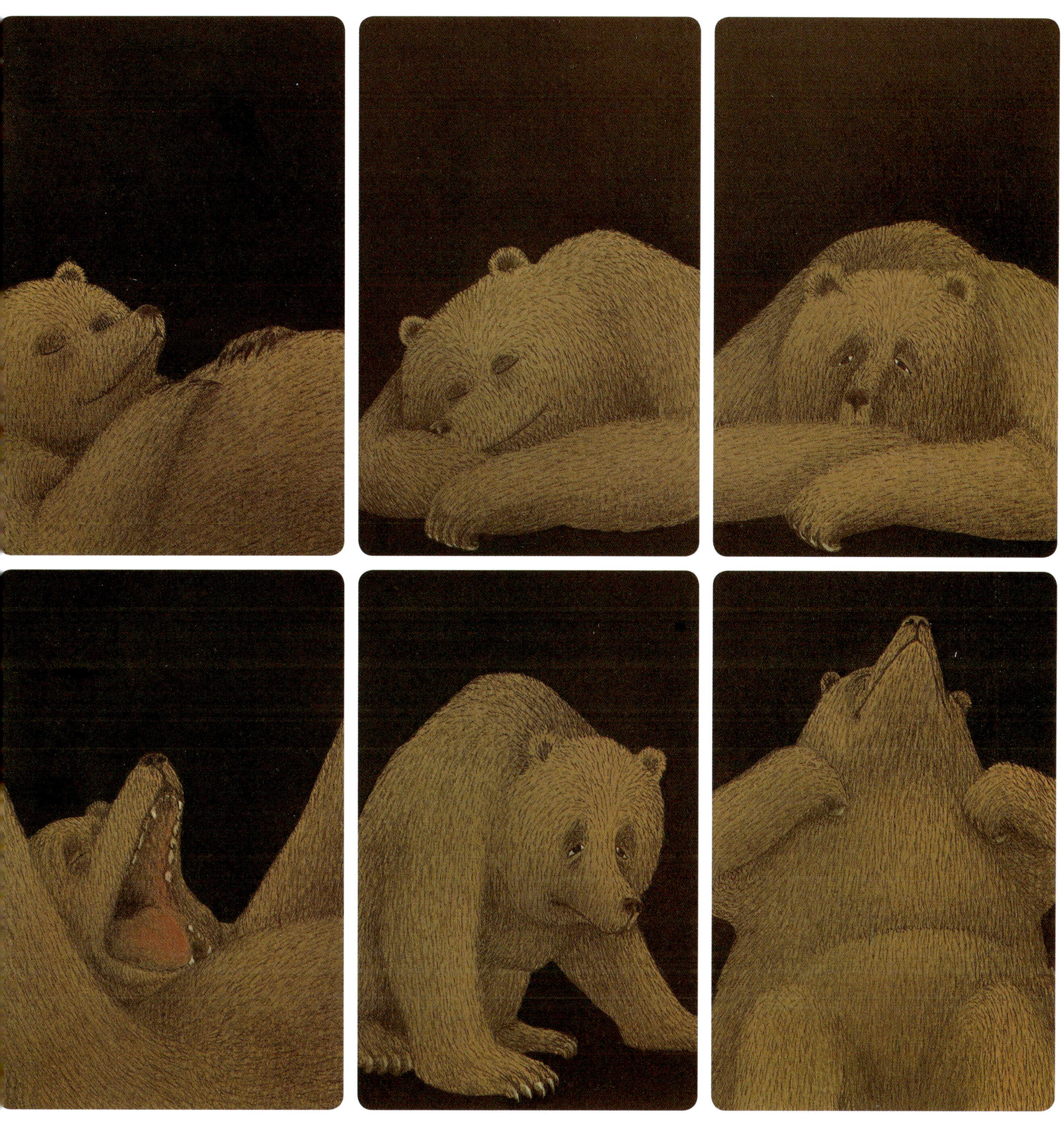

大熊连打了好几个哈欠，缓缓地往洞口爬去。

强烈的光线刺得他睁不开眼睛。“难道我还在做梦？”大熊心里纳闷，揉了揉眼睛。

“天啊，怎么回事？”他终于看清了——整座森林消失了。

大熊吃惊地打量着眼前的工厂，半天没回过神来。正在这时，工厂管理员跑了过来。

“喂，说你呢！快去干活！”管理员嚷道。

大熊惊讶极了。“对不起！”他说，“可我是一头熊啊！”

“一头熊？”管理员吼了起来，“别逗了！你只是一个肮脏的大懒虫罢了！”

管理员气呼呼地押着大熊去见人事主任。

“我是一头熊。”大熊礼貌地说，“这个您看出来了吧。”

“我看到了什么，是我的事！”人事主任咆哮着，“而且我可以告诉你，我没看到什么熊，只见到一个肮脏的、不刮胡子的大懒虫！”说着，人事主任把大熊带到了副厂长那儿。

副厂长已经听说了大熊的事，他简直怒不可遏。

当大熊走进办公室时，副厂长正坐在办公桌旁和厂长通电话。

“我们这儿有个懒惰的工人太不像话了。”副厂长说，“他居然说自己是熊，一头不折不扣的熊！我知道，您的时间十分宝贵，厂长先生！可是，这个不刮胡子的大懒虫，您必须亲自见见。”

厂长抽出一点儿时间，打量了大熊一下。他没有尖叫，也没有咆哮，只是从报纸后面抬头看了一眼，说了句："肮脏的家伙！"（他用的词是"家伙"，为的是避免重复别人说过的"懒虫"。）

"带他去见董事长！董事长已经知道了，正等着见他呢。"

董事长是工厂里权力最大、赚钱最多的人，办公室当然也是最大的。可他总是无事可做，无聊得很。董事长静静地听着大熊讲述自己的经历。他有大把时间，很乐意有这种消遣。

“哦！”董事长说，“这么说，原来您是一头熊啊？”

“噢！”大熊舒了一口气，“终于遇到了一个能了解我的人！”

“这个嘛，我们还得再研究研究。如果您真的是熊，那就证明给我看。”董事长说道。

“证明？”大熊问。

“对！”董事长答道，“因为真正的熊，只有动物园和马戏团里才有。”

为了证明自己说得有道理，董事长带着大熊去了附近的城市里，那儿有一个动物园。车子开了很久，大熊坐得好难受。

可是，当动物园的熊看见大熊从车里出来时，全都使劲摇头。

“不可能，”他们说，“他才不是熊呢。真正的熊不会坐在车里，而应该像我们一样，待在笼子里面。”

“也可能待在养熊场里！”一头年迈的黑熊说，它曾经在养熊场里生活过好多年。

“不！”大熊怒吼着，“我是熊！一头真正的熊！”

“你可真是固执啊！”董事长笑着说。

“好吧。那我们就看看，到底谁说得对。附近的大城市里有个马戏团，我们去那儿吧。”

于是他们又上路了。大家都知道马戏团的熊特别聪明，他们会好多把戏，都是跟人学的。

马戏团的熊盯着大熊看了好一阵子，才开口说道：

“他看着像熊，但不可能是真正的熊。真正的熊不会坐在观众席上，而应该像我们一样，在台上表演。会跳舞吗，你？”

“不会。”大熊伤心地说。

“你们看嘛！”最小的那头熊叫了起来，“他连跳舞都不会！他就是个穿着毛皮大衣不刮胡子的大懒虫！”

其他的熊听了都笑起来，董事长也笑了。大熊心里难过极了，充满了恐惧和无助。

“我心里很明白，”在长长的回程路上，大熊一直在想，“我就是一头熊，可为什么别人都不相信呢？”

大熊只好回到工厂里。有人给他拿来工作服，他就换上了。大熊不再反抗。

有人命令他刮胡子，他也照做了。

大熊像其他工人一样去打卡上班，有人给他在机器前指了个位置，他就站了过去。

管理员向大熊交代他该做的事情。尽管一句话也没听懂，大熊还是一个劲儿地点头。

他茫然地站在巨大的操作台前，而其他工人看上去似乎都很清楚该做什么。

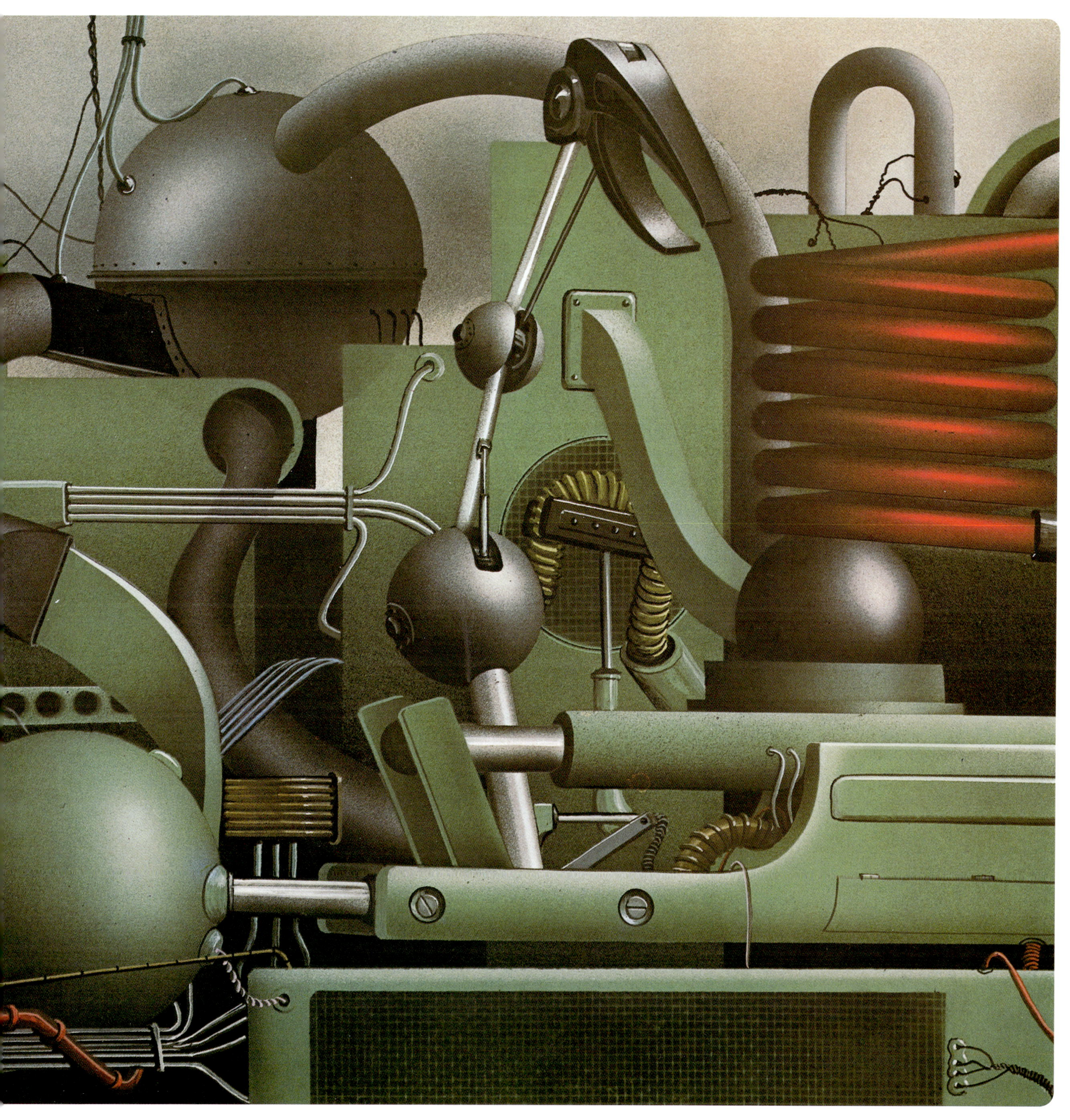

大熊偷偷地扫视了一下四周，想看看其他人怎么操作那些按钮。这时，工厂管理员又过来巡查了。大熊不知所措地按下了面前的一个按钮，却什么动静都没有。

“喂，说你呢！”管理员冲着大熊嚷起来，“你到底想不想干活？”

大熊又用力按了一下那个按钮，机器既没有轰鸣，也没有爆炸，只有一盏红灯亮了又灭了，这表示机器开始工作了。

就这样，大熊成了这家工厂的一名工人，和其他工人一样，日复一日地站在机器前工作着。

四月里，在高高的铁丝网外的草地上，黄水仙伴着春天的气息开了又谢；夏日的酷热晒干了草儿；八月明朗的夜晚，让大熊久久不能入睡；随着雷雨季节的结束，秋天又到了。

一天午休的时候，大熊望着天边排成长队、逐渐远去的大雁若有所思。这时，管理员走过来对他说：“老流浪汉，你又开始做梦了吧！”

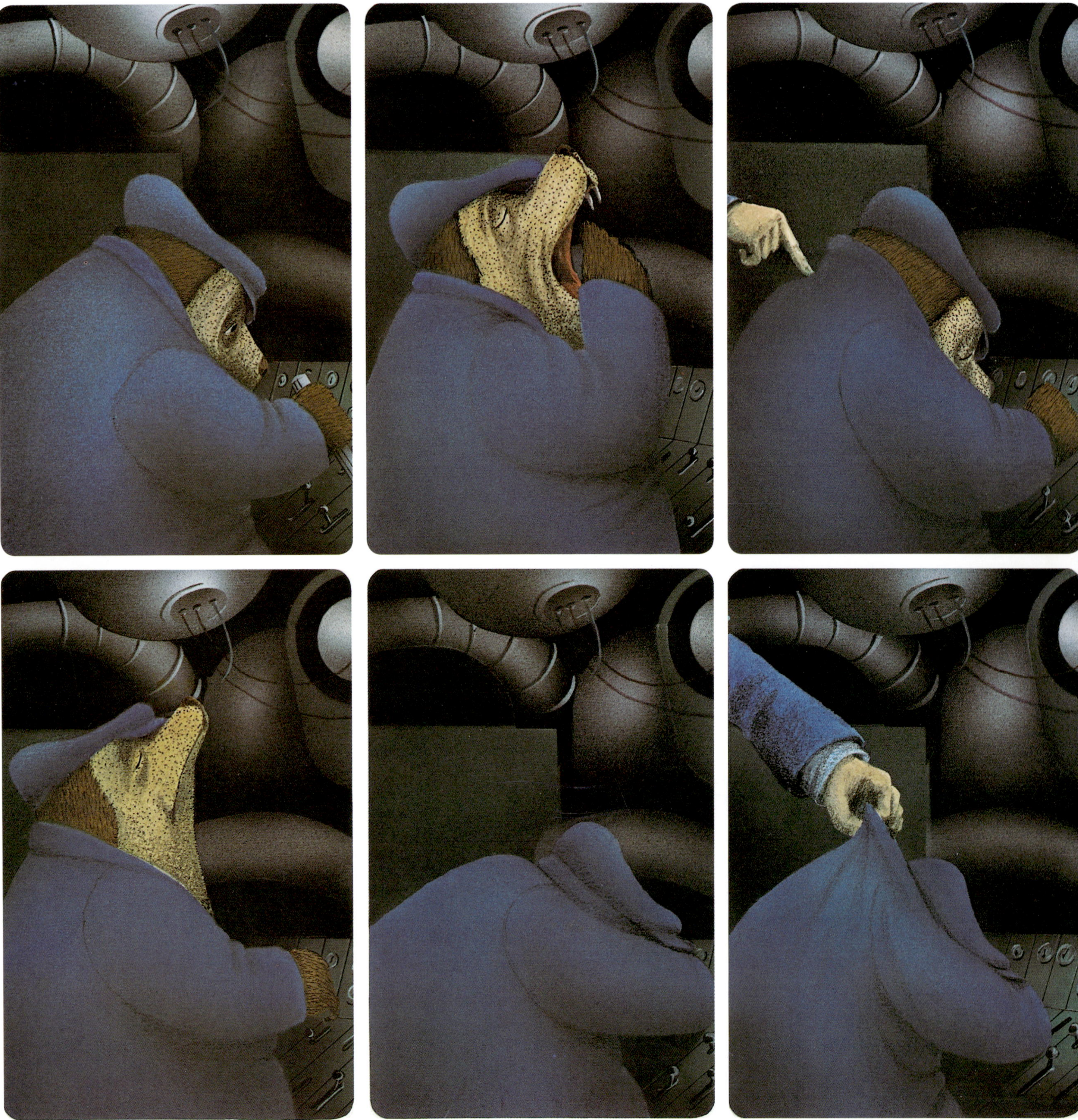

一件无法避免的事终于发生了：随着树叶的颜色逐渐变得斑斓，大熊开始感到疲惫。当越来越多的落叶开始随风起舞时，大熊越发觉得困倦了。

“好像快要下雪了！”大熊想道，“我实在困得不行了。”

每天早上，大熊都得要其他工人来拽，才能起床去工作。他趴在操作台上睡着的次数，也越来越频繁了。

一天，管理员气冲冲地朝大熊吼道：“你把所有工作都搞得乱七八糟！像你这种大懒虫，我们不需要！快，去收拾东西！你被解雇了！”

大熊觉得有点儿不可思议，目瞪口呆地看着管理员。

“解雇？”大熊问道，“也就是说，我现在想去哪儿就去哪儿，谁都管不着，是吗？”“你最好马上离开！”管理员开始咆哮，“永远都不要让我再看见你！听懂了吗？”

没等管理员再张嘴，大熊就立刻取了行李上路了。

大熊沿着高速公路走了一天一夜，接着又是一个白天。因为他没有别的路可以走。

大熊数着过往的车辆，可惜他在工厂时只学会数到五。慢慢地，雪越来越大，大熊也放弃了数数游戏。

大熊浑身湿透了，冻得瑟瑟发抖。黄昏来临时，他终于找到了附近唯一的一家旅馆。

MOTEL

加拿大

旅馆柜台后面站着一个伙计，他虽然无事可做，却一副忙得不可开交的样子。他让大熊在一边等了半天，才开口问他有什么需要。

“我很累，”大熊很有礼貌地说，“想要一个房间。”

“哼哼，一个房间！”伙计打量了大熊一番，“我们从不接待工人——更不要说是一头熊了。”

“您说什么？”大熊不敢相信自己的耳朵。

“我说，我们从不接待工人，更别说是一头熊！”

“我听到您说‘熊’。您是说，我有可能是一头熊？”

伙计的脸“唰”地变白了，他一把抓起电话。不过已经没有这个必要了。

大熊转过身去，带上大门，走出了旅馆。他踏着积雪，拖着沉重的步子向森林走去。

大熊其实不知道自己该去哪儿，他走啊走啊，一直来到一个洞穴前。

“要不是这么累的话，我真得从头到尾好好想一想。”大熊这么想着，在洞口坐了下来。

“我得好好想想现在该做什么。”大熊不住地打着哈欠。

他就这么坐了很久，望着天空发呆，听着风在树木间呼呼地吹过。不知不觉，雪花盖满了他的全身。

“我肯定是忘了什么重要的事情。”大熊想。

不过，究竟是什么呢？

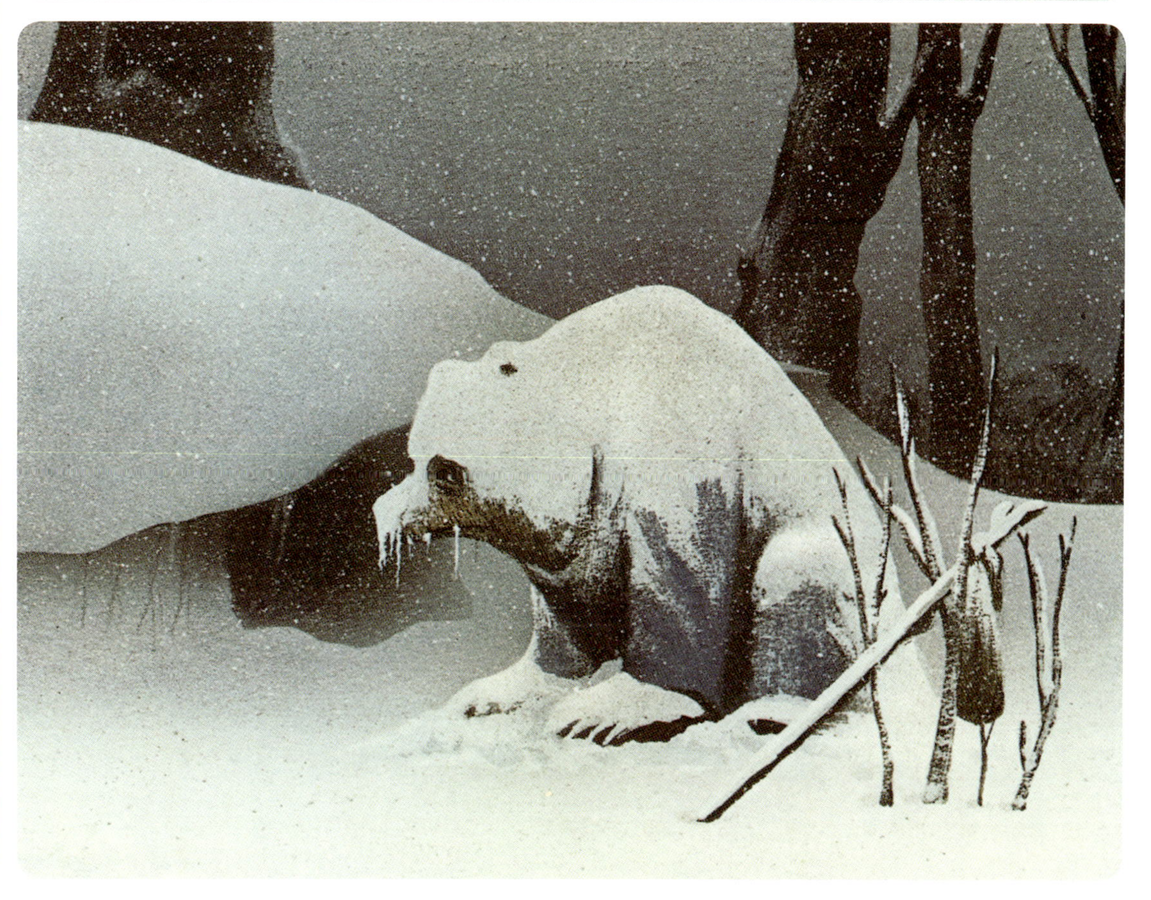

图书在版编目（CIP）数据

森林大熊 /（瑞士）约克·史坦纳文；（瑞士）约克·米勒图；孔杰译. -- 北京：北京联合出版公司，2018.3（2023.7重印）
ISBN 978-7-5596-1430-8

Ⅰ. ①森… Ⅱ. ①约… ②约… ③孔… Ⅲ. ①儿童故事－图画故事－瑞士－现代 Ⅳ. ①I522.85

中国版本图书馆 CIP 数据核字（2018）第 004823 号

著作权合同登记图字：01－2017－8584

森林大熊
作　　者：[瑞士] 约克·史坦纳 文
　　　　　[瑞士] 约克·米勒 图
　　　　　孔杰 译
责任编辑：熊　娟
特邀编辑：薛梦媛
版式设计：王春雪
责任印制：万　坤

北京联合出版公司出版
（北京市西城区德外大街 83 号楼 9 层　100088）
新经典发行有限公司发行
电话（010)68423599　邮箱 editor@readinglife.com
北京富诚彩色印刷有限公司印刷　新华书店经销
字数 5 千字　787 毫米 ×1092 毫米　1/12　$3\frac{1}{3}$ 印张
2018 年 3 月第 1 版　2023 年 7 月第 10 次印刷
ISBN 978-7-5596-1430-8
定价：59.80 元